Hermann Schiller

Die lyrischen Versmasse des Horaz: Nach den Ergebnissen der neueren Metrik für den Schulbrauch dargestellt

Antigonos

Hermann Schiller

Die lyrischen Versmasse des Horaz: Nach den Ergebnissen der neueren Metrik für den Schulbrauch dargestellt

Unveränderter Nachdruck der Originalausgabe von 1869.

1. Auflage 2024 | ISBN: 978-3-38616-004-9

Antigonos Verlag ist ein Imprint der Outlook Verlagsgesellschaft mbH.

Verlag: Outlook Verlag GmbH, Zeilweg 44, 60439 Frankfurt, Deutschland, info@outlook-verlag.de
Vertretungsberechtigt: E. Roepke, Zeilweg 44, 60439 Frankfurt, Deutschland
Druck: Libri Plureos GmbH, Friedensallee 273, 22763 Hamburg, Deutschland

Die
lyrischen Versmaße des Horaz.

Nach den Ergebnissen der neueren Metrik

für den Schulgebrauch

dargestellt

von

Hermann Schiller,

Professor am Lyceum zu Carlsruhe.

Leipzig,
Druck und Verlag von B. G. Teubner.
1869.

Vorwort.

Ein Versuch, wissenschaftliche Ergebnisse für die Schule nutzbar zu machen, bedarf wohl kaum der Rechtfertigung, wenn damit wirklich ein Nutzen, d. h. Vereinfachung oder größere Sicherheit des Lernens erzielt wird. Beide Zwecke hoffen diese Blätter zu erreichen, da sie nicht theoretischen Reflexionen, sondern dem practischen Boden der Schule entstammen. Der Verfasser versuchte es seit Jahren, die Resultate der Westphal'schen Metrik für Horaz zu verwerthen und an der Hand dieses epochemachenden Werkes auch für den lateinischen Dichter Kenntniß und Erkenntniß der Kunstformen seiner poetischen Erzeugnisse zu fördern. In die Ausgaben des Horaz, die für den Schulgebrauch berechnet sind, haben die Westphal'schen Untersuchungen bis jetzt noch keinen Eingang gefunden, eine um so befremdlichere Erscheinung, als sich wohl Niemand der Ueberzeugung verschließen wird, daß durch jene Behandlung insbesondere die Kenntniß der dramatischen Kunstwerke der Griechen, welche nicht bloß auf unsern Schulen anerkanntermaßen noch sehr im Argen liegt, eine bedeutende Förderung erfahren muß. Dieser Umstand möge die Erscheinung des Schriftchens rechtfertigen! Für die systematische Darstellung ist die Westphal'sche Metrik einzige Richtschnur gewesen; Neues bringt das Werkchen hierin also nicht. Für die Charakterisirung und eingehendere Darstellung konnte außer Roßbach=Westphal und der vortrefflichen Schrift Luc. Müller's de re metrica poetarum latinorum nur weniges

hier und da zerstreute benutzt werden*). Daß die einzelnen Unter=
suchungen selbständig und soweit dies bei so detaillirten Dingen
verbürgt werden kann, genau geführt sind, wird eine selbst
oberflächliche Vergleichung mit den bisherigen Arbeiten zeigen.
Als Text liegt der Nauck'sche zu Grunde; wenn der Verfasser
auch häufig der conservativen Kritik dieses Gelehrten nicht bei=
zustimmen vermochte, so ist der Werth dieser Schulausgabe doch
so allgemein anerkannt und ihre Verbreitung eine so große, daß
manchfache Bedenken vor diesen Vorzügen zurücktraten. Alles
was in früheren Classen gelehrt wird, ist als bekannt voraus=
gesetzt, so z. B. die Cäsuren des Hexameters und des jambischen
Trimeters. Daß auf die theilweise minutiösen Regeln über
Umfang und Stellung der Wörter in den Versen so gut wie
keine Rücksicht genommen wurde, wird bei der Bestimmung des
Schriftchens kaum Jemand tadeln. Für jeden belehrenden Wink,
jede Ergänzung und Berichtigung wird der Verfasser dankbar
sein. So möge denn die kleine Arbeit dazu beitragen, den
Blick für die classischen Kunstwerke des Drama's zu üben und
den Boden für die Kenntniß und Erkenntniß derselben vorzu=
bereiten.

*) Die interessante Schrift von W. Christ: Die Verskunst des Horaz,
kam mir erst während des Druckes zu. Wesentliche Aenderungen konnte
dieselbe nicht veranlassen.

Die lyrischen Versmaße des Horaz.

§. 1.

Mit der Benennung „lyriſche Dichtungen des Horaz" be=
zeichnet man 4 Bücher Oden, den Seculargeſang und ein Buch
Epoden. Letztere gehören durchſchnittlich einer früheren Periode
an als erſtere. Während man für die Abfaſſung der Epoden
die Zeit zwiſchen dem 24. und 36. Lebensjahre des Dichters
anzuſetzen hat, werden die Oden und der Seculargeſang in den
Zeitraum zwiſchen dem 35. und 52. Lebensjahre fallen. Aus
dieſem Verhältniſſe erklärt ſich nicht bloß der reifere Inhalt der
Oden, ſondern auch ihre weit bedeutendere Vollendung. Letztere
iſt jedoch nicht mit einem Male vorhanden, ſondern man kann mit
ziemlicher Sicherheit die Entwickelung des Dichters an ſeinen
Productionen fortſchreitend nachweiſen.

§. 2.

Die Oden wie der Seculargeſang waren eigentlich dazu be=
ſtimmt, mit Muſikbegleitung vorgetragen zu werden. Da aber
um jene Zeit in Rom von Lectüre und Recitation ein mindeſtens
eben ſo umfaſſender Gebrauch gemacht ward, wie von dem meliſchen
Vortrag, ſo mußte der Dichter beiden Bedürfniſſen Rechnung
tragen.

§. 3.

Die Versmaße in den lyriſchen Gedichten des Horaz ſind
nicht römiſchen Urſprungs, ſondern von griechiſchen Vorbildern,
hauptſächlich Archilochus und Alcäus, entlehnt. Da nun die
Griechen der älteren Zeit nur für den meliſchen Vortrag dich=
teten, ſo erklärt ſich aus dem im vorigen §. dargelegten Unter=
ſchiede die Fortentwickelung der griechiſchen Originale bei den

Römern. Das Bedürfniß der Recitation rief hauptsächlich das Streben nach festen Cäsuren und unwandelbaren Tacttheilen bezw. Silben hervor, welches den Griechen der besseren Zeit unbekannt ist.

§. 4.

Alle Oden und der Seculargesang sind in vierzeiligen Strophen abgefaßt. Absätze des Verses und Abschnitte des Sinnes und der Interpunction brauchen hierbei nicht zusammenzufallen. In diesen Strophen findet sich entweder derselbe Vers stets wiederkehrend angewendet (stichische Compositionen) oder die Strophe besteht aus 2 oder 3 verschiedenen Versen.

§. 5.

Eine besondere Gattung der aus 2 in steter Abwechselung wiederkehrenden Versen bestehenden (distichischen) Compositionen bilden die Epoden, eine Benennung, die erst von späteren Grammatikern herrührt, während Horaz selbst dieselben iambi genannt hat. Im engeren Sinne gehören hieher nur solche Verbindungen, in welchen auf einen längeren Vers ein kürzerer folgt. Man rechnet jedoch im weiteren Sinne auch Metra hierher, welche gerade die entgegengesetzte Anordnung zeigen (**Epod. 11. 13**). Das vierzeilige Strophengesetz findet auf diese Bildungen keine Anwendung.

§. 6.

Während in der modernen Liederdichtung die Tacttheile der Melodie und die natürlichen Quantitäten der Silben des Textes sich gegen einander gleichgültig verhalten, ist in der antiken, wo Dichter und Componist eine Person ist, Tact und Silbenmaß oder Rhythmus und Metrum nicht von einander zu trennen. Der musikalische Tact, der metrische Fuß, die Bewegungen des menschlichen Körpers im Tanze entstammen derselben Quelle; allen liegt derselbe abstracte Begriff, der Rhythmus, d. h. die in der

Bewegung sich zeigende Ordnung, zu Grunde, der sowohl in den Tönen der Musik als in den Lauten der Sprache und in den Bewegungen des Körpers zur Erscheinung kommt.

§. 7.

Derjenige Zeittheil, welcher ungefähr zur Hervorbringung einer kurzen Silbe erforderlich ist heißt More (χρόνος πρῶτος, mora). Eine Silbe, welche 2 solche Moren enthält, heißt lang. Die Vereinigung von Moren zu einem einheitlichen Ganzen heißt Fuß (πούς), wofür wohl richtiger, wie in der Musik, die Uebertragung durch „Tact" geschehen würde. Weniger als 3 und mehr als 5 Moren können zu einem Fuße nicht vereinigt werden; größere Gruppen lassen sich in diese kleineren zerlegen. Wie in jedem mehrsilbigen Worte eine stärker betonte Silbe das Uebergewicht über die anderen hat und gerade hiedurch die Verbindung der einzelnen Silben zur Einheit des Wortes möglich wird, so wird in jedem Fuße eine More durch stärkere Betonung über die andere hervorgehoben; sie beherrscht gleichsam die übrigen und hierauf beruht die Einheit des Fußes. Wir nennen denjenigen Theil, welcher den Hauptton trägt, Arsis, denjenigen, auf welchem der Nebenton haftet, Thesis, indem wir diese Benennungen von der Hebung und Senkung der Stimme hernehmen[1]). Wie nun durch das Uebergewicht einer More die Einheit des Fußes bewirkt wird, so wird durch das Uebergewicht eines Fußes über mehrere die Einheit der Verbindung mehrerer Füße oder der Reihe möglich. Die Arsis des ersten Fußes wird in diesem Falle zur Hauptarsis[2]) der Reihe, während die Arsen der übrigen Füße zu Nebenarsen herabsinken. Ursprünglich lauteten wohl alle Füße bei den Griechen, wie in der modernen Musik die Tacte, mit der Arsis an; da man aber schon frühe ebenfalls den Gebrauch des Auftactes (Anakrusis) kannte, und derselbe der Reihe ein eigenthümliches, schwungvolleres und energischeres Gepräge gibt, so wurden schon

frühe solche Reihen besonders bezeichnet und selbst für die ein=
zelnen Füße besondere Bezeichnungen gebraucht. Die Reihe z. B.

$$\smile \mid - \smile - \smile - \smile - \smile$$

ist eine trochäische Pentapodie mit Anakrusis; die Alten faßten
aber die anlautende Anakrusis mit der folgenden Arsis zu einem
Fuße zusammen und maßen nun fortlaufend nach Jamben und
nannten die Reihe eine katalektische jambische Hexapodie. Die
Reihe ferner

$$\smile \smile \mid - \smile \smile - \smile \smile - \smile \smile$$

ist eine dactylische Tripodie mit 2silbigem Auftact; die Alten,
die auch hier wieder von der Anakrusis an maßen, nannten die
Füße Anapäste und die Reihe eine katalektische anapästische Te=
trapodie. Da der Unterschied der Benennung kein wesentlicher
ist, so behalten wir die alte eingebürgerte Ausdrucksweise bei,
ohne natürlich in jenen Bildungen etwas anderes als dactylische
und trochäische Füße mit Anakrusis zu erkennen.

[1]) Die Alten entlehnten die Ausdrücke von dem Erheben und Nie=
berseßen des Fußes; letzteres geschah durch den singenden, im Tanz=
schritte ziehenden Chor bei der Aussprache der Silben mit Haupt=
ton, ersteres bei benen mit Nebenton. Arsis und Thesis bezeichnen
also bei den Griechen gerade das Gegentheil wie heutzutage. Die
neusten metrischen Werke gebrauchen wieder die Ausdrücke im alten
Sinne.

[2]) Die Hauptarsis bezeichnen wir durch '', die Nebenarsen durch '.

§. 8.

Die alten Rhythmiker unterschieden 3 Tactarten — die also
für die Metrik zu eben so viel Fußarten werden — welche,
wenn man den Werth der More oder der kurzen Silbe gleich
einer Achtelnote setzt, dem $^3/_8$, $^4/_8$, $^5/_8$ Tacte der neueren Musik
gleichkommen. Dieselben sind:

1) γένος ἴσον (δακτυλικόν), genus par, in welchem Arsis
und Thesis je 2 Moren enthalten, also die gleiche Zeitdauer ha=
ben (sich verhalten wie 1:1). Hieher gehören: Dactylus $-\smile\smile$,
Anapäst $\smile\smile-$, Spondeus $--$, Proceleusmatikus $\smile\smile\smile\smile$.

2) γένος διπλάσιον (ἰαμβικόν) genus duplex, in welchem die Arsis 2, die Thesis eine More enthält, erstere also die doppelte Zeitdauer hat wie letztere (sich zu ihr verhält wie 2:1). Hieher gehören: Trochäus $-\smile$, Jambus $\smile-$, Tribrachys $\smile\smile\smile$ $\smile\smile\smile$ (je nachdem er Auflösung eines Trochäus oder Jambus ist, wechselt die Arsis).

3) γένος ἡμιόλιον (παιωνικόν) genus sescuplex, in welchem die Arsis 3, die Thesis 2 Moren enthält, die Arsis also anderthalbmal so groß an Zeitdauer ist als die Thesis (sich zu ihr verhält wie 3:2). Hierher gehören: Kretiker $-\smile-$, und seine Auflösungen und Bacchius $\smile--$.

Nur die ersten beiden Rhythmengeschlechter kommen für die Horazischen Versmaße in Betracht.

<h3 style="text-align:center">§. 9.</h3>

Nach diesen beiden Geschlechtern theilen wir die Versmaße des Horaz in folgende Abtheilungen:

1) Einfache Metra des dactylischen Rhythmengeschlechtes. Die Reihen derselben bestehen nur aus Dactylen und Spondeen.

2) Einfache Metra des jambisch = trochäischen Rhythmengeschlechtes. Die Reihen bestehen entweder rein aus Jamben oder rein aus Trochäen, für welche unter gewissen Verhältnissen der irrationale Spondeus eintritt.

3) Zusammengesetzte Metra des dactylischen oder des jambisch=trochäischen Rhythmengeschlechtes.

Dactylen und Trochäen werden mit einander verbunden

a) Selbständige dactylische und selbständige trochäische Reihen werden mit einander verbunden: Dactylo=Trochäen.

b) Dactylische und trochäische Füße werden in derselben Reihe verbunden: Logaöden.

1. Einfache Metra des dactylischen Rhythmengeschlechts.

§. 10.

Wenn mehrere dactylische Füße mit einander verbunden werden und der erste Dactylus die Hauptarsis trägt, so entsteht eine dactylische Reihe. Jeder Fuß (πούς) bildet hier ein selbständiges Glied, ein μέτρον der Alten; daher kommt es, daß bei den dactylischen Reihen die Benennung sowohl nach der Zahl der πόδες als auch der μέτρα gewählt wird, und die Ausdrücke Tripodie und Trimeter, Tetrapodie und Tetrameter ꝛc. Reihen von ganz gleicher Größe bezeichnen. Die kleinste Reihe ist die Dipodie, die größte die Pentapodie; größere Reihen als diese sind zusammengesetzt; z. B. der Hexameter aus 2 Trimetern. Die am frühesten gebrauchte Reihe ist die Tripodie, aus der durch Zusammensetzung der Hexameter und der Pentameter entstanden sind; doch ist bei dem häufigen Gebrauch des Hexameters das Bewußtsein der Zusammensetzung aus 2 Reihen allmählich geschwunden.

Die Arsis ruht in den Dactylen stets auf der Länge, die Hauptarsis der Reihe auf der Länge des ersten Fußes. An Stelle des Dactylus kann principiell überall der ihm rhythmisch und metrisch gleiche Spondeus eintreten; die Praxis hat jedoch hier gewisse Beschränkungen geschaffen, wodurch namentlich das Erscheinen des Spondeus im 5. Fuße des dactylischen Hexameters bei den Römern verhältnißmäßig selten wird. Das Verfahren, die zwei Kürzen des Dactylus durch eine Länge auszudrücken, heißt Contraction. Der schließende Fuß kann wie im Inlaute Dactylus oder Spondeus sein. In letzterem Falle kann jedoch die auslautende Länge durch eine Kürze vertreten werden, weil der noch übrige kurze Tacttheil durch die nothwendigerweise zwischen dem Vortrage des einen und des folgenden Verses entstehende Pause ersetzt wird; ging der vorhergehende Vers auf eine Länge aus, so vermochte durch Aushalten derselben die Stimme für den folgenden Vers die nöthige Kraft zu sammeln, so daß in diesem Falle eine Pause nicht entstand. Auf diese Weise erklärt sich der öftere trochäische Auslaut dactylischer Reihen. In ältester Zeit lauteten wohl alle Reihen mit einem vollständigen Fuße d. h. akatalektisch aus, und es schlossen sich in regelmäßiger Abwechselung Arsen und Thesen aneinander. Bald aber fing man an, die Thesis hie und da nicht mehr durch eine besondere Silbe auszudrücken, sondern ihre Morenzahl durch eine 2zeitige Pause ($\pi\varrho\acute{o}\sigma\vartheta\varepsilon\sigma\iota\varsigma$ ⋀) oder durch Dehnung der vorausgehenden Arsis zu einer 4zeitigen Länge ($\tau o\nu\acute{\eta}$ ⌣) auszudrücken (in unserer Notenschrift ♪. oder ♩). Diese Unterdrückung der Thesis beschränkt sich bei den dactylischen Reihen auf den Auslaut; die Reihe heißt in diesem Falle katalektisch.

‒ ⏑⏑ ‒ ⏑⏑ ‒ ⏑̆⏑̆ Akatalektische Reihe (Tripodie).
‒ ⏑⏑ ‒ ⏑⏑ ‒ ⋀ Katalektische Reihe mit Pause.
‒ ⏑⏑ ‒ ⏑⏑ ⌣ Katalektische Reihe mit Dehnung der Arsis.
‒ ⏑⏑ ‒ ⏑⏑ ‒ ⋀ ‒ ⏑⏑ ‒ ⏑⏑ ⌣ ⋀ Elegischer Pentameter, d. h. 2 katal. Tripodien.

Neben der vierzeitigen Messung der Dactylen ($\overset{2}{-}\,\overset{1}{\smile}\,\overset{1}{\smile} = 4$) machte sich schon frühzeitig eine dreizeitige geltend, wodurch der Fuß an Morenzahl dem diplasischen Rhythmengeschlechte gleichkam und Verbindungen zwischen beiden Geschlechtern rhythmisch und metrisch möglich wurden. Diese Messung nennt man kyklisch [1]). Sie besteht darin, daß die Arsis nur als $1\frac{1}{2}$ Moren enthaltend betrachtet wurde, die erste Kürze der Thesis $\frac{1}{2}$ More zuertheilt bekam, — sie wurde brevi brevior — während die 2. Kürze ungeschädigt blieb ($\overset{1\frac{1}{2}}{-}\,\overset{\frac{1}{2}}{\smile}\,\overset{1}{\smile} = 3$). Practisch läßt sich diese Messung auf die zusammengesetzten trochäisch-dactylischen Metra beschränken.

---

[1]) $\varkappa\acute{\nu}\varkappa\lambda\iota o\iota$ sc. $\delta\acute{\alpha}\varkappa\tau\upsilon\lambda o\iota$ von dem rollenden Gange dieser Verse.

§. 11.

Dactylische Reihen finden sich bei Horaz in folgenden Ver=
bindungen:

1. Dactylischer Hexameter und katalektische dactyl. Tri=
podie abwechselnd zur 4zeiligen Strophe verbunden.
(1. archilochisches Versmaß.)   Od. 4, 7.

Der Character des ersten archilochischen Versmaßes, das
nach Archilochus, dem wahrscheinlichen Erfinder desselben, seinen
Namen trägt, ist mäßige Bewegung und Schwermuth. Der ru=
hige Gang des Hexameters sinkt in den kurzen Tripodieen mit
Pausen zur Muthlosigkeit. Die Schilderung des Erwachens in
der Natur wird von dem Gedanken der Flüchtigkeit und Nichtig=
keit des Menschenlebens beherrscht.

Die rhythmische Anlage ist sehr gleichmäßig. 3 Tripodieen bil=
den die Periode, welche am Ende durch eine zweizeitige Pause ab=
gesetzt ist.

In 14 Hexam. findet sich der Spond. 12mal an 4., 7mal an 3.,
4mal an 2. und 6mal an 1. Stelle, niemals an der 5. Der Auslaut
ist 10mal spondeisch, 4mal trochäisch; die Cäsur ist durchgehends Pen=
themimeres. Die Tripodie ist stets rein bactylisch.

II. Dactylischer Hexameter und dactylische Tetrapodie mit
spondeischem (trochäischem) Auslaut

in Od. 1, 7. 28 zu vierzeiligen Strophen, in Epod. 12 epodisch
verbunden.
(Alkmanisches Versmaß.)

Od. 1, 7. 28. Epod. 12.

Der Charakter des alkmanischen — von Alkman benannten
— Versmaßes ist ähnlich wie beim vorigen, doch kräftiger. Die
Tetrapodie mit meist spondeischem Auslaut gibt dem würdigen
Ernste des Hexameters einen passenden Abschluß. Die Epode

zeigt diesen kräftigen Character des Versmaßes zu beißendem Hohne benutzt.

Die Periode besteht aus 2 Tripodieen und einer Tetrapodie; letztere unterbricht den gleichmäßigen Gang der ersteren und gibt dadurch dem Ganzen größere Beweglichkeit.

In 47 Hexam. findet sich der Spond. 29 mal an 4., 29 mal an 3., 26 mal an 2., 17 mal an 1. Stelle. Von der 5. ist derselbe regelmäßig ausgeschlossen; denn er erscheint nur einmal (1, 28. 21) bei viersilbigem Eigennamen. Der Auslaut ist 28 mal spondeisch, 19 mal trochäisch. Die Cäsur ist 43 mal Penthem., nur 4 mal Hephthemimeres (1, 28, 15 u. 29, welche manchmal als Cäsur κατὰ τρίτον τροχαῖον aufgefaßt werden, sind nach horazischen Analogieen als Penthem. gezählt). In 47 Tetrapodieen steht der Spond. 16 mal an 2., 9 mal an 1. Stelle, nur einmal ausnahmsweise (1, 18, 2 bei Eigennamen) an 3. Der Ausgang der Tetrapodieen ist 32 mal spondeisch, 15 mal trochäisch. Der Hiatus 1, 28, 24 ist, weil in der 3. Arsis, zulässig. Die Tetrapodieen der Epode zeigen sehr selten Contractionen: nur 3 mal finden sich solche an 2. Stelle.

[1]) Nur die Hauptcäsuren sind bezeichnet und zwar die gewöhnlichen durch 2 parallele senkrechte Striche, welche die Linie schneiden ‖, die nur vereinzelt erscheinenden durch Parallelstriche über der Linie ‖.

[2]) Nur selten und ausnahmsweise erscheinende Contractionen und Auflösungen sind durch Klammern bezeichnet.

2. Einfache Metra des jambisch-trochäischen Rhythmengeschlechts.

Im jambisch-trochäischen Rhythmengeschlechte, wo die Länge jedes Fußes ebenfalls die Trägerin der Arsis ist, können durch stärkere Betonung (Ictus) der ersten Arsis 2—6 Füße zu einer Reihe vereinigt werden. So entstehen 5 rhythmische Reihen: Dipodie, Tripodie, Tetrapodie, Pentapodie, Hexapodie; größere Reihen sind zusammengesetzt. Da bei diesem Rhythmengeschlechte wegen des geringen Umfanges der einzelnen Füße erst 2 πόδες ein μέτρον bilden, so fallen hier die Benennungen Dipodie und Dimeter, Tripodie und Trimeter u. s. w. nicht zusammen, sondern der Dimeter, Trimeter ꝛc. besitzt jedesmal den doppelten

Umfang der Dipodie, Tripodie 2c. Auch bei dem diplaſiſchen Rhythmengeſchlechte tritt ſchon frühzeitig der Fall ein, daß die Theſis nicht durch eine beſondere Silbe ausgedrückt wird; man nennt dies Syncope der Theſis. Wie bei dem dactyliſchen Genus wird auch hier die letzte Theſis der Reihe zuerſt von der Syncope getroffen und es entſteht auch hier in dieſem Falle die katalektiſche Reihe. In der trochäiſchen katalektiſchen Reihe wird die auslautende Theſis ſyncopirt und die dadurch entfallende More durch einzeitige Pauſe (Λ) oder durch Dehnung, beides nach beſtimmten Geſetzen, erſetzt.

In der katalektiſch-jambiſchen Reihe iſt die letzte inlautende Theſis ſyncopirt und wird ſtets durch Dehnung der vorausgehenden Arſis zur 3zeitigen Länge erſetzt.

Akatal. troch. Dimeter ″◡‒◡⊥◡‒◡ katal. ″◡‒◡⊥◡‒Λ Pauſe.

  =   =   ″◡‒◡⊥◡‒◡ katal. ‒◡‒◡‒◡‒◡ Dehnung

  =   jamb.   =   ◡″◡‒◡‒◡≍ katal. ◡″◡‒◡‒◡≍ Dehnung.

Nur in den höheren Kunſtformen der griechiſchen Dichtkunſt findet auch im Inlaute der Reihen die Syncope der Theſis häufige Anwendung, und die Entdeckung dieſes Geſetzes hat dort zu einer völligen Umgeſtaltung der metriſchen Wiſſenſchaft geführt.

Vor jeder Hauptarſis und jeder bedeutenderen Nebenarſis (d. h. der erſten Arſis jeder Dipodie) bedarf die Stimme für die folgende Anſtrengung einer kurzen Sammlung, welche daher auf die dieſen Arſen vorhergehenden Theſen trifft. Dadurch werden dieſe Theſen unwillkürlich etwas verlängert und es tritt daher metriſch häufig in dieſem Falle der Spondeus ein, ohne daß der Rhythmus jedoch dadurch verändert werden darf. Um dies zu erreichen wurde die verlängerte Theſis nicht als 2 Moren enthaltend betrachtet, ſondern nur 1½ und heißt dann irrational oder mittelzeitig. Der ganze Fuß erſcheint nun allerdings nicht mehr 3=, ſondern 3½zeitig; dieſes Verhältniß hebt aber den Grundrhythmus nicht auf, ſondern beſitzt bloß die Kraft, denſel=

ben an diesen Stellen zu dämpfen und zu hemmen (retardiren). Diese mittelzeitigen Thesen können stattfinden im Auslaute jeder trochäischen und im Anlaute jeder jambischen Reihe, da hier stets auf die Thesis eine Hauptarsis folgt; eben so im Inlaut vor der ersten Arsis einer jeden Dipodie. Für die bei Horaz gebrauchten jambisch-trochäischen Reihen genügt es, sich die geläufige Fassung zu merken, daß in trochäischen Reihen der (irrationale) Spondeus an den geraden Stellen, d. h. im 2., 4., 6. Fuße, in jambischen Reihen dagegen an den ungeraden Stellen, d. h. im 1., 3., 5. Fuße zuläßig ist. Im gewöhnlichen wie im irrationalen Trochäus und Jambus kann die Länge durch 2 Kürzen ausgedrückt werden — man nennt dies Auflösung —, wodurch Tribrachys, Anapäst und Dactylus entstehen; letztere beiden Füße können nur kyklisch gemessen werden.

§. 13.

Jambische und trochäische Reihen finden sich bei Horaz folgende:

III. Der jambische Trimeter (Senar), stichisch gebraucht.

(Jambisches Versmaß.)

Epod. 17.

Nur ein einziges mal bei Horaz verwendet. Der Character des jamb. Trimeters ist herber, den Angegriffenen schwer treffender Spott, wie Archilochus und Hipponar gegen ihre Feinde Lycambes und Bupalus schleuderten (Epod. 6, 13. 14.). Die häufige Anwendung der irrationalen Thesen (oft an allen drei Stellen des Verses) gibt dem Ganzen das Gefühl ruhigen sich gehen lassens. Der Dichter im Gefühle seiner Sicherheit ergießt in behaglicher Breite seine ironische Laune gegen die alte Feindin Canidia.

Der Spondeus (irrationale Fuß) erscheint in 81 VV. 13 mal an 1., 56 mal an 3., 38 mal an 5. Stelle. Auflösungen sind selten. 3 mal erscheint der Dactylus an 1., 1 mal an 3. Stelle; der Tribrachys steht

3mal an 2., 1mal an 3., 2 mal an 4. Stelle; mehrere dieser Auf=
lösungen sind durch Eigennamen veranlaßt (V. 6 Canidia; V. 42 in-
famis Helenae; V. 65 quietem Pelopis). Die Cäsur ist nur 3mal
Hepthem., sonst durchgehends Penthem. Den Ausgang des Senars
bildet 47mal eine Kürze, 34mal eine Länge.

IV. Jambischer Trimeter und jambischer Dimeter epodisch
verbunden.

(Eigentliches jambisches Epodenmaß.)

Epod. 1—10.   ⏓ ″ ⏑ – ⏒ ‖ – ⏑ ‖ – ⏒ – ⏑ ⏑ Λ
　　　　　　　(– ⏑ ⏑)(⏑ ⏑ ⏑)(– ‖ ⏑ ⏑)
　　　　　　　(⏑ ⏑ –)　　　(⏑ ⏑ –)

　　　　　　　⏓ ″ ⏑ – ⏒ – ⏑ ⏑̄ Λ
　　　　　　　(– ⏑ ⏑)(⏑ ⏑ ⏑)

Der Character des jambischen Epodenmaßes ist in der Hälfte
der Epoden dem Originale, Archilochus, treu geblieben: beißen=
der Spott, der in den kurzen, raschen Dimetern den Angegriffenen
noch schneller und schärfer trifft. Epod. 1. 7. 9. 10 dienen die
Jamben zum Ausdruck eines gesteigerten, theils Freuden=, theils
Schmerzgefühls. Epod. 2 gleicht in ihrem Sujet mehr den Sa=
tiren, bleibt aber im Schlusse und dessen scharfer Pointe im Cha=
racter der Epode. Epod. 3 scherzhafte Dichtung, aber im echten
leidenschaftlichen Tone der archilochischen Poesie.

Der Spondeus erscheint in 183 Trim. 94mal an 1., 107mal an
3. und 95mal an 5. Stelle. Auflösungen sind selten, nur in einigen
Gedichten erregteren Characters häufiger effectvoll benutzt. Der Dacty=
lus findet sich nur 6mal an 1., 2mal an 3. Stelle; der Anapäst 2mal
an 1. und 2mal an 5. Stelle; der Tribrachys 8mal an 2., 4mal an
3. Stelle. Ein Theil der Auflösungen ist wieder durch Eigennamen
(Epod. 1, 27 Calabris, 5, 15 Canidia, 25 Sagana, 10, 19 Ionius) und
ein griechisches Wort (2, 57 lapathi) veranlaßt. Die Cäsur ist 11mal
Hepthem., 182mal Penth. (doch kann man in 2, 53 descendet und
4, 3 peruste schwanken); von jenen 11 Fällen sind 4 durch Eigen=
namen herbeigeführt: 5, 21 Iolcos, 25 Sagana, 6, 5 Molossus, 7, 7
Britannus. Elisionen in der Cäsur finden sich 5, 37. 97. 6, 11. Der
Auslaut ist 112mal eine Kürze, 71mal eine Länge. Im Dimeter fin=
det sich der Spond. 133mal an 1., 169mal an 3. Stelle. Auflösungen

sind sehr selten; der Tribrachys findet sich **nur 1mal** an 2. Stelle (2, 62) und der Dactylus an 1. Stelle 2mal, beidemal durch denselben Eigennamen veranlaßt (3, 8. 5, 48 Canidia). Die auslautende Silbe ist 121mal kurz, 62mal lang. Der Hiatus 5, 100 Esquilinae alites ist durch den Eigennamen und die Länge in der 3. Thesis (vor der Cäsur) gerechtfertigt.

V. **Katalektischer trochäischer Dimeter und katalektischer jambischer Trimeter abwechselnd zur vierzeiligen Strophe verbunden.**

(Trochäisches Versmaß oder **Hipponacteum**.)

Od. 2, 18.

$$\overset{\prime\prime}{-}\;\cup\;-\;\cup\;\overset{.}{-}\;\cup\;\cup\wedge$$
$$(\cup\cup\cup)$$
$$(-)$$
$$\cup\;-\;\cup\;-\;\underset{=}{}\;\|\;-\;\cup\;-\;\cup\;-\;\cup\wedge$$

Der Character dieses von **Hipponax** benannten Versmaßes vereinigt in den leicht und einfach einherschreitenden Tetrapodieen und dem gemessenen gleichmäßigen Gange der katalektischen Trimeter, deren Aufeinandertreffen in den Thesen durch die Pausen vermieden ist, was dem ganzen Metrum mehr Kraft und Entschiedenheit verleiht, auf's glücklichste Energie und innere Ruhe. Der vergängliche, unwerthe äußere Besitz wird fast mit Heftigkeit und Raschheit von dem Dichter zurückgewiesen, dessen einzig beglückendes Loos innere Ruhe und Zufriedenheit sein soll.

Der trochäische Dimeter erscheint, wohl in Nachahmung eines griechischen Liedes des Bakchylides (Bergk Fragm. 28), stets rein: der Ausgang ist 11mal eine Kürze, 9mal eine Länge. Der katal. jamb. Trimeter ist aus dem akatal. durch Syncope der letzten Thesis entstanden. Spondeen erscheinen seltener als in den akatal., in 20 VV. kommt die irrationale Thesis nur an 3. Stelle fast regelmäßig (16mal) vor, an der 1. Stelle ist ihr Vorkommen auf 2 VV. beschränkt, ganz ausgeschlossen ist sie von der 5. Stelle. Nur 1mal erscheint der Tribrachys (V. 34) an 2. Stelle. Die Cäsur ist überall Penthem., der Ausgang 14mal lang, 6mal kurz.

§. 14.

VI. Ionici a minore. (⏑ ⏑ ́– –)

Außer dem 3zeitigen Jambus und Trochäus hat sich in dem diplasischen Rhythmengeschlechte die Verdoppelung derselben, der 6zeitige Ionicus entwickelt. Von den 6 Moren gehören 4 der Arsis, 2 der Thesis, sodaß das einfache Verhältniß der Jamben und Trochäen (2:1) hier verdoppelt wiederkehrt. Dem jambischen Fuße entspricht der mit der Thesis (also dem geringeren Tact-theile, daher a minore) anlautende Ionicus a minore, während dem Trochäus der mit der Arsis anlautende Ion. a maiore ge-genübersteht.

Die Ionici a minore, welche allein von den beiden Arten bei Horaz vorkommen, lassen sich ihres großen Umfanges wegen höch-stens zu Tripodieen vereinigen, sodaß das System Od. 3, 12 in je 2 Dimeter und je 2 Trimeter zu zerlegen ist. Entscheidend ge-rade für diese Anordnung ist, weil nur dann den bei den grie-chischen Dichtern selten fehlenden Cäsuren[1] am Ende jeder Reihe Rechnung getragen wird. Jenes Gedicht ist also folgendermaßen anzuordnen:

$$\smile\smile\ {}''\,{-}\ \smile\smile\ \acute{\smile}\ {-}$$
$$\smile\smile\ {}''\,{-}\ \smile\smile\ \acute{\smile}\ {-}$$
$$\smile\smile\ {}''\,{-}\ \smile\smile\acute{\smile}\,{-}\ \smile\smile\acute{\smile}\,{-}$$
$$\smile\smile\ {}''\,{-}\ \smile\smile\acute{\smile}\,{-}\ \smile\smile\,{-}\,{-}$$

Die Ionici vereinigen in sich den langsamen schleppenden Rhythmus der langen Tacte und das energische Anbringen des Jambus und so hält sich der Character des neckischen Gedichtes zwischen weichlichem Bedauern und Ermunterung zum entschie-benen Handeln. „Du bist sehr zu bedauern bei dem griesgrämigen Alten, wage es also dem Hebrus anzugehören!"

Die einzelnen Füße erscheinen stets rein.

[1] Genauer wäre die Cäsur, welche durch das Zusammenfallen des Endes einer Reihe mit dem Wortende entsteht als Diärese zu bezeichnen, während Cäsur im engeren Sinne dann entsteht, wenn das Wortende mit dem Reihenende in Widerspruch steht. Für beide Fälle wenden wir die Bezeichnung Cäsur an.

3. Zusammengesetzte Metra des dactylischen und trochäischen Rhythmengeschlechts.

§. 15.

Mit der Einführung der kyklischen Messung der Dactylen war die Möglichkeit rhythmischer und metrischer Verbindung des dactylischen und trochäischen Rhythmengeschlechtes gegeben; beide Fußarten umfaßten 3 Moren; eine Unterbrechung des Rhythmus fand jetzt nicht mehr statt.

Die erste noch mechanische Form der Verbindung war die, daß dactylische und trochäische Reihen in derselben Strophe, ja in demselben Verse vereinigt wurden, aber jede Reihe einem und demselben Metrum angehörte. Diese Bildungen, welche früher asynartetische[1]) Verse genannt wurden, bezeichnen wir mit der Benennung Dactylo-Trochäen, um schon in den beiden selbständigen Namen die Selbständigkeit der einzelnen Reihen anzudeuten. Wahrscheinlich ist die erste Anwendung dieses Princips auf Archilochus zurückzuführen.

Beispiel: ‒ ⏓⏓ ‒ ⏓⏓ ‒ ⏓⏓ ‒ ⏑⏑ ‖ ‒ ⏑ ‒ ⏑ ‒ ⏑ dactylische Tetrapodie und trochäische Tripodie. Aber die volle organische Ausbildung des Princips, Dactylen und Trochäen zu verbinden, wurde erst dann erreicht, als dactylische und trochäische Füße in derselben Reihe verbunden wurden. Wir nennen solche Reihen Logaöden[2]). Beispiel: ‒ ⏑ ‒ ⏑ ‒ ⏑⏑ ‒ ⏑ ‒ ⏑ Dactylus und 2 trochäische Dipodieen.

[1]) ἀσυνάρτητα, weil sie sich nicht mit demselben einheitlichen Maße messen lassen und in keinem Zusammenhange stehen.

[2]) von λόγος und ἀοιδή, weil sie gleichsam Prosa und Poesie vereinigen.

§. 16.

a. Dactylo-Trochäen.

Von diesen Bildungen finden sich bei Horaz folgende:

VII. Dactylischer Hexameter und jambischer Dimeter epo=
disch verbunden.

(Erstes pythiambisches Versmaß.)

Epod. 14. 15.

Das pythiambische Versmaß, das richtiger ebenfalls als
archilochisches bezeichnet würde, trägt seinen Namen von der
Verbindung des vom Gebrauch bei Orakelsprüchen benannten
pythischen Verses (dactyl. Heram.) mit Jamben. Der Character
desselben wird wesentlich durch den kurzen raschen Jambus be=
dingt, welcher die Ruhe der dactylischen Trimeter gewaltsam un=
terbricht und dem Ganzen das Gepräge von Erregtheit, ja Lei=
denschaftlichkeit (besonders in Epod. 15) verleiht.

In 20 Heram. findet sich der Spond. 17mal an 4., 17mal an 3.,
9mal an 2. und 8mal an 1. Stelle. Die Cäsur ist 19mal Penthem.,
nur einmal (15, 9 bei agitarit) κατὰ τρ. τρ. Der Auslaut ist 15mal
spondeisch, 5mal trochäisch. In 20 Dimetern erscheint der Spondeus
an 1. Stelle 13mal, an 3. Stelle 17mal; nur einmal erscheint (15,
24) der Dactylus an 1. Stelle. Der Auslaut ist 4mal eine Länge,
16mal eine Kürze.

VIII. Dactylischer Hexameter und jambischer Trimeter
epodisch verbunden.

(Zweites pythiambisches Versmaß.)

Epod. 16.

Das zweite pythiambische Versmaß, für welches hinsichtlich
der Benennung die Bemerkung zum vorhergehenden gilt, kündigt
schon in der rhythmischen Erscheinung der 3 gleichen Reihen, 2
dactylischer und eines jambischen Trimeters, seinen ruhigen, eben=

mäßigen Character. Der ernste Hexameter wird durch den ge=
messen schreitenden jamb. Trimeter, in dem Contractionen und
Auflösungen fern gehalten sind, nur im fallenden Rhythmus un=
terbrochen. So stimmt der Inhalt zu der Form; ernste Betrach=
tung der Misère der Zeit und fast feierliche Aufforderung zur
Flucht „aus dem engen, dumpfen Leben in des Ideales Reich.“

In 33 Hexam. steht der Spond. 20mal an 4., 18 mal an 3., 15 mal an
2., 9 mal an 1. Stelle; an der 5. erscheint er nur 2mal (V. 17
Phocaeorum, V. 29 Apenninus, also der Regel gemäß in 4 silbigen
Eigennamen), die Cäsur ist durchgehends Penthem.; nur V. 21 Heph=
themimeres. Im Auslaut steht 22 mal eine Länge, 1 mal eine Kürze.
In 33 Trim. steht der Spond. nur 1 mal an 1. und 1 mal an 3. Stelle,
nie an 5.; beidemal bei demselben Eigennamen Etruscus. Die Cäsur
ist durch den gleichen Eigennamen nur 1 mal Hephthem. geworden,
sonst überall Penthem. Die auslautende Silbe ist 10 mal lang, 23 mal
kurz. Ueber die Cäsur abominatus und ähnliche Fälle s. unter XIX.

IX. Jambischer Trimeter als erster, katalekt. dactyl. Tri=
meter und jambischer Dimeter als 2. Vers distichisch
verbunden.

(3. archilochisches Versmaß.)

Epod. 11.

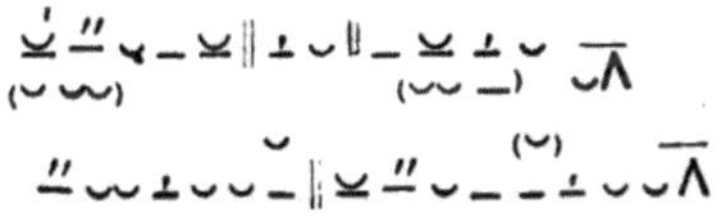

Der Character des 3. archilochischen Versmaßes wird haupt=
sächlich durch den 2. Vers bestimmt. Die kurzen Reihen des
katal. dactyl. Trimeters und des jamb. Trimeters, dazu die häu=
figen schwächenden Verspausen geben dem Ganzen einen weichen
und klagenden Ton, dem auch der Inhalt, eine Liebesverzweiflungs=
Epistel, entspricht.

Dieses sowie das folgende Metrum sind für die Entwickelung der
Verbindung von Dactylen und Trochäen besonders lehrreich. Die 3
Reihen, obgleich die 2 letzteren zu einem Verse vereinigt sind, bilden
jede ein selbständiges Ganze und haben nicht bloß beständige Cäsur,
sondern auch die specifischen Merkmale des selbständigen Verses, — bei

Archilochus noch durchgehends, bei Horaz wenigstens öfters — Syllaba anceps und Hiatus. In diesem Versmaße bezw. in Epode 11 zeigen in der ersten Reihe unter 14 V. 8 syllab. anc., die zweite wird von der dritten 3 mal durch syll. anc, 2 mal durch Hiatus geschieden; alle 3 Reihen sind durch beständige Cäsur getrennt. In den 14 Trimetern findet sich der Spond. 9 mal an 5., 9 mal an 3., 10 mal an 1. Stelle; an 5. Stelle steht 1 mal der Anapäst, an 1. Stelle 1 mal der Tribrachys. Die Cäsur ist mit Ausnahme von 15 December, wo sie Hephthem. ist, überall Penthem. Im katal. bactyl. Trimeter sind die Dactylen stets rein; im jamb. Dim. ist der Spond. an 3. Stelle regelmäßig; er fehlt nur V. 26 contumeliae; an 1. Stelle steht er 9 mal. Der Auslaut ist 10 mal eine Kürze, 4 mal eine Länge.

X. Dactyl. Herameter als erster, jamb. Dimeter und katal. dactylischer Trimeter als 2. Vers distichisch verbunden. (Zweites archilochisches Versmaß.)

Epod. 13.

$$\text{— }\overset{..}{\cup\cup}\text{ — }\overset{..}{\cup\cup}\text{ — }|\overset{..}{\cup\cup}\text{ — }\|\overset{..}{\cup\cup}\text{ — }(\cup)\text{ — }\cup$$

$$\cup\text{ — }\cup\text{ — }(\cup)\text{ — }\cup\cup\|\text{ — }\cup\cup\text{ — }\cup\cup\overset{.}{\wedge}$$

Der zweite Vers des zweiten archilochischen Versmaßes enthält die beiden Reihen von IX. in umgekehrter Ordnung. Der Character wird hierdurch in soweit verändert, als der ruhige Gang der dactylischen Trimeter unterbrochen wird durch die kurzen, rasch und leicht dahineilenden Jamben, um am Ende wieder zu dem Character des Anfangs zurückzukehren. So entspricht das Versmaß genau dem Inhalte: die Aufforderung zum heiteren Lebensgenusse wird umschlossen und motivirt durch die Betrachtung der düstren Natur und die finstre Aussicht auf den Tod.

In 9 Heram. steht der Spond. 7 mal an 4., 5 mal an 3., 4 mal an 2., 2 mal an 1. Stelle; ausnahmsweise 1 mal an 5. bei 4silbigem Eigennamen (V. 9 Cyllenēa). Die Cäsur ist durchgehends Penthem., nur V. 3 bei Aquilone Hephthem. Der Heram. schließt überall mit der Länge. Im jamb. Dim. steht der Spond. nur 1 mal nicht an 3. Stelle (V. 18), 6 mal an 1. Stelle. Der bactyl. katal. Trim. ist wieder rein. Die 3 Reihen sind wie bei IX. durch beständige Cäsur getrennt, die 2. von der 3. 3 mal durch syll. anc., der bactyl. Trim. katal. schließt 4 mal kurz. Zwischen der 1. und 2. Reihe findet sich 2 mal Hiatus.

XI. Dactylische Tetrapodie mit Ithyphallicus als erster,
katal. jamb. Trimeter als 2. Vers, zu vierzeiligen
Strophen verbunden.
    (4. archilochisches Versmaß [Strophe]).

Od. 1, 4. $\underline{\text{'}}\,\overline{\smile\smile}\,\underline{\text{+}}\,\overline{\smile\smile}\,\underline{\text{+}}\,\overline{\smile\smile}\,\underline{\text{+}}\,\smile\smile \parallel \underline{\text{''}}\,\smile\,\_\,\underline{\smile}$
         $(\underline{\smile})\,\underline{\text{''}}\,\smile\,\_\,\_\,\_ \parallel \underline{\vdots}\,\smile\,\_\,\smile\,\underline{\text{'}}\,\_$

Das 4. archilochische Metrum zeigt die Ursprünglichkeit der
3 Reihen nicht mehr in dem Maße, wie die griechischen Vorbil=
der. Die Tetrapodie ist von der trochäischen Tripodie (welche
den Namen Ithyphallicus führt) nicht mehr durch Hiatus oder
syllab. anc. geschieden; nur die beständige Cäsur zeigt die ehe=
malige Selbständigkeit der 2 Reihen. Das Versmaß bekommt
durch den raschen Ithyphallicus etwas Springendes und Unstätes,
welches in dem katalektischen jamb. Trimeter mit seinen vielen
Contractionen zu lässigem Sichgehenlassen wird. „Der Früh=
ling kommt: genieß ihn rasch: denn bald wird es aus sein und
dann ist's vorbei mit des Lebens Freuden."

Die bactyl. Tetrapodie zeigt ganz abweichend vom Tetrameter in
1, 7, 28. Epod. 12. den Spond. in 10 VV. 8mal an 3., 4mal an 2.,
2mal an 1. Stelle. Der vierte Fuß ist stets ein Dactylus; nur ein
einziger Vers (9) ist rein bactylisch. Der Ithyphallicus, bei dem an
2. Stelle nie der Spondeus eintreten kann, lautet 7mal mit einer
Länge, 3mal mit einer Kürze aus. Der katal. jamb. Trim. (s. V.)
zeigt häufiger Contractionen als 2, 18. An 3. Stelle steht in 10 VV.
der Spond. durchgehends und an 1. Stelle 9mal; die auslautende
Silbe ist stets lang. Die Cäsur überall Penthem.

§. 17.

b. Logaöden.

Da der Rhythmus der Logaöden 3zeitig ist, (s. §. 15), so
gelten für die Ausdehnung der Reihen dieselben Gesetze wie für
das diplasische Rhythmengeschlecht, d. h. sie können bis zur Hexa=
podie ausgedehnt werden. Monopodieen und Dipodieen gibt es
nicht; es erscheinen hier also nur Tripodie, Tetrapodie, Penta=
podie, Hexapodie. Diese Reihen sind jedoch außerordentlicher

2*

Manchfaltigkeit fähig, je nachdem der oder die kyklischen Füße an 1., 2. ꝛc. Stelle stehen und der Vers mit der Arsis oder der Anakruse an= und mit der Arsis oder Thesis auslautet; während die Tetrapodie schon 20 verschiedene Formen zuläßt, können für die Tripodie, welche nur 1 Dactylus enthalten kann, folgende Variationen erscheinen:

$$\overset{\prime\prime}{-}\,\smile\smile\,\underset{\smile}{\prime}\,\smile\,-\,\overline{\smile} \qquad \smile\,\overset{\prime\prime}{-}\,\smile\smile\,\underset{\smile}{\prime}\,\smile\,-\,\overline{\smile} \qquad \overset{\prime\prime}{-}\,\smile\smile\,\underset{\smile}{\prime}\,\smile\,\underset{\smile}{\smile} \qquad \smile\,\overset{\prime\prime}{-}\,\smile\smile\,\underset{\smile}{\prime}\,\smile\,\underset{\smile}{\smile}$$
$$\overset{\prime\prime}{-}\,\smile\,\underset{\smile}{\prime}\,\smile\smile\,\underset{\smile}{\prime}\,\overline{\smile} \qquad \smile\,\overset{\prime\prime}{-}\,\smile\,\underset{\smile}{\prime}\,\smile\smile\,\underset{\smile}{\prime}\,\overline{\smile} \qquad \overset{\prime\prime}{-}\,\smile\,\underset{\smile}{\prime}\,\smile\smile\,\underset{\smile}{\smile} \qquad \smile\,\overset{\prime\prime}{-}\,\smile\,\underset{\smile}{\prime}\,\smile\smile\,\underset{\smile}{\smile}$$

Für die Gedichte des Horaz kommen nur Tripodieen, Tetra= podieen uud Pentapodieen in Betracht.

1) Logaödische Tripodieen (Pherekrateen).

Die Tripodie erscheint bei Horaz in doppelter Gestalt:

$$\left.\begin{array}{l} \overset{\prime\prime}{-}\,\smile\smile\,\underset{\smile}{\prime}\,\smile\,-\,\overline{\smile}\ 1 \\ \overset{\prime\prime}{-}\,\smile\,\underset{\smile}{\prime}\,\smile\smile\,\underset{\smile}{\smile}\ 2 \end{array}\right\}\ \text{Pherekrateus.}$$

Wir nennen nach der Stellung des Dactylus (an erster Stelle) den ersten Vers 1. Pherekrateus, den andern aus dem gleichen Grunde 2. Pherekrat., während die Alten diese Benennung nur für die zweite Form anwenden.

Während Catull noch und früher die griechischen Dichter sich in Hinsicht der Gestaltung des ersten Fußes im 2. Pherekr. ziemlich frei bewegen, erhebt Horaz den Spondeus an dieser Stelle zur unverletz= lichen Norm. Der Auslaut ist in 51 VV. 43 mal lang, nur 8 mal kurz.

Asklepiadeen.

Aus der Verbindung des katal. 2. Pherek. und des katal. 1. Pherekr. entsteht, gerade wie der elegische Pentameter aus der Verbindung von 2 katal. dactyl. Tripodieen, der von seinem Gebrauche bei dem späteren Dichter Asklepiades benannte asklе= piadeische Vers.

$$\overset{\prime\prime}{-}\,-\,\underset{\smile}{\prime}\,\smile\smile\,\underset{\smile}{\prime}\,\wedge\ \| \ \overset{\prime\prime}{-}\,\smile\smile\,\underset{\smile}{\prime}\,\smile\,-\,\overset{\overline{}}{\wedge}$$

Die Cäsur nach dem 2. katal. Pherekr. fehlt bei Horaz nie; 4, 8, 17 ist unächt, andere Stellen, wo Partikeln in der Composition und que von ihren Worten getrennt werden (wie 1, 15, 18. 2, 12, 25. 6. 4, 1, 22. 5, 13.), sind nicht als Fehlen der Cäsur aufzufassen (s. XIX.); die Elision in der Cäsur ist völlig zulässig, ja häufig: 1, 3, 36. 21·

13. 24, 14. 3, 24, 52. 30, 1. 4, 5, 22. 8, 16. Sehr häufig steht ein einsilbiges Wort, immer aber eine Länge vor der Cäsur. Scheinbare Ausnahmen wie 1, 13, 6. 3, 16, 26. erklären sich durch das zu XIX. angegebene Ritschl'sche Gesetz. Im Auslaute findet sich die Länge in 461 VV. 258mal, die Kürze 203mal.

Der asklepiadeische Vers findet sich stichisch und strophisch auf folgende Weise angewendet:

XII. Der asklepiadeische Vers, stichisch zu vierzeiligen Strophen verbunden.

(Asclepiadeum primum.)

Od. 1, 1. 3, 30. 4, 8.

XIII. Asklepiadeus mit vorausgehendem 2. Glykoneus (s. unter Tetrapodieen) zu vierzeiligen Strophen verbunden.

(Asclepiádeum secundum.)

Od. 1, 3. 13. 19. 36. 3, 9. 15. 19. 24. 25. 28. 4, 1. 3.

XIV. Drei Asklepiadeen mit dem 2. Glykoneus als Schlußvers zu vierzeiligen Strophen verbunden.

(Asclepiadeum tertium.)

Od. 1, 6. 15. 24. 33. 2, 12. 3, 10. 16. 4, 5. 12.

Der Glykoneus ist nie mit dem vorausgehenden Asklepiadeus zu einem Verse verbunden; Hiatus zwischen beiden 2, 12, 29. In griechischen Liedern ist noch hie und da Verbindung beider Verse nachzuweisen.

XV. Zwei Asklepiadeen mit 2. Pherekrateus als dritten und
2. Glykoneus als Schlußverse zu 4zeiligen Strophen
verbunden.

(Asclepiadeum quartum.)

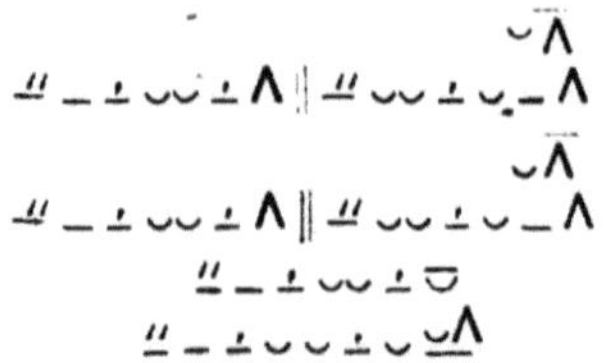

$$\mathrm{\ddot{-}\ \_\ \_\!\!\bot\ \smile\smile\ \bot\ \wedge\ \|\ \ddot{-}\ \smile\smile\ \bot\ \smile\ \_\ \wedge}$$
$$\mathrm{\ddot{-}\ \_\ \_\!\!\bot\ \smile\smile\ \bot\ \wedge\ \|\ \ddot{-}\ \smile\smile\ \bot\ \smile\ \_\ \wedge}$$
$$\mathrm{\ddot{-}\ \_\ \bot\ \smile\smile\ \bot\ \smile}$$
$$\mathrm{\ddot{-}\ \_\ \bot\ \smile\smile\ \bot\ \smile\ \wedge}$$

Od. 1, 5. 14. 21. 23.   3, 7. 13.   4, 13.

Der 2. Pherekrateus ist nie mit dem vorhergehenden Asklepiadeus
zu einem Verse verbunden.   Hiatus zwischen beiden: 3, 7, 20.

Zu XII. Der Character des asklepiadeischen Verses ist, haupt=
sächlich durch die aufeinandertreffenden Arsen hervorgerufen, be=
wegter Ernst.   Dieß ist auch der Character der in ihm verfaßten
Lieder.   Od. 1, 1. 3, 30. 4, 8.   Ihr Inhalt hat große Aehn=
lichkeit: Widmungsgedichte zu den Werken des Horaz und Be=
trachtung des Werthes seiner Lieder.

Zu XIII. Der vorausgehende Glykoneus mit seiner leichten, ele=
ganten Beweglichkeit gibt dem Versmaße den Character erhöhter
Bewegung und solcher Bedeutung entspricht auch der Inhalt,
welcher bald gesteigerte Freude und Lust, bald gesteigerten Groll
und Wehmuth ausdrückt.

Zu XIV. Der Glykoneus gibt den 3 vorausgehenden ernsten
Asklepiadeen einen lebhaft bewegten Abschluß. Das Versmaß ist
dadurch besonders geeignet, um vorhergehende, ruhig=vernünftige
Betrachtungen recht eindringlich zu machen.   Der Inhalt ent=
spricht stets.   1, 6. u. 2, 12. Zurückweisung ehrender Aufträge
von Seiten des Dichters und Bitte, ihn derselben zu entbinden,
motivirt durch die Unbedeutendheit der Stoffe, die er zu besingen
gewohnt sei.   1, 15. u. 3, 16. Ernste Abmahnnng, dort von der
Entführung der Helena,   hier von der Ansicht, nur Gold mache
glücklich.   4, 5. Dringende Aufforderung zur Rückkehr, 12

freundliche Einladung zum Besuche ohne Verzug, 1, 24. u. 33. Tröstung über Verlorenes. 3, 10. Eindringliche Vorstellungen an eine spröde Schöne.

Zu XV. Im 4. asklepiadeischen Versmaße kehrt der Grundzug des vorigen Versmaßes, Begründung einer eindringlichen Mah= nung, noch verstärkt wieder; der leichte, flüchtige Pherekrateus gibt dem Versmaße einen noch lebhafter bewegten Character. 1, 5. Warnung vor einer gefährlichen Schönen. 23. Mahnung an eine Spröde, endlich den Fittichen der Mutter sich zu entziehen. 3, 7. Warnung vor der gefährlichen Schönheit eines Bewerbers in Abwesenheit des Freundes. 4, 13. Neckerei eines spröden Lieb= chens, mit dem Character der Warnung vor Fortsetzung ihres Benehmens, 1,14. Warnung vor neuer Gefahr, 21. Ermahnung zur Verherrlichung der Latoiden. 3, 13. Gelöbniß von Dank und Opfer.

XVI. Erster Pherekrateus als erster, dritter Glykoneus (s. Tetrapodieen) und erster Pherekrateus als zweiter Vers zu vierzeiligen Strophen verbunden.

(Größeres sapphisches Versmaß.)

Od. 1, 8.

Die rhythmische Anordnung der 3 Reihen ist sehr gleichmäßig, indem die katal. Tetrapodie von 2 akatal. Tripodieen umschlossen wird. Der Pherekr. im An= und Auslaut gibt dem Versmaße einen raschen, schnell andringenden, fast leidenschaftlichen Cha= racter. Der Inhalt entspricht der Form: die eindringliche Frage warum? wird zur fast leidenschaftlichen, natürlich nur humoristisch zu fassenden Anklage daß.

Die 3 Reihen sind durch beständige Cäsur getrennt, die 1. von der 2. durch Hiatus v. 3.

XVII. Katalektischer 2. Pherekrateus, katalektisch = dacty=
lische Dipodie, katalektischer 1. Pherekrateus zu einem
Verse vereinigt. Stichisch in 4zeiligen Strophen.

(Größeres asklepiadeisches Versmaß.)

Od. 1, 11. 18. 4, 10. — ◡ ◡ — ‖ ″ ◡ ◡ — ‖ ″ ◡ ◡ — ◡ ◡ ∧

Die rhythmische Anlage ist ebenfalls sehr gleichmäßig, 2 katal.
Tripodieen umschließen eine katal. Dipodie. Die wiederholte
Synkope der Thesen, das Aufeinandertreffen der Arsen gibt dem
Verse einen schwungvollen und energischen Character, welcher ihn
hauptsächlich zu eindringlichen Vorstellungen und Mahnungen
geeignet erscheinen ließ und dem auch die horazischen Gedichte
treu bleiben.

Die Verse kommen bei Horaz nur in stichischen Systemen von 8
und 16 Versen vor, welche sich dann in 2 oder 4 Strophen absetzen.
Der katal. 2. Pherekr. und die katal. dactyl. Dipodie lauten stets mit
der Länge aus, der katal. 1. Pherekr. 17mal mit der Länge, 15mal
mit der Kürze. Einmal (4, 10, 5.) findet Elision in der Cäsur statt,
einmal (1, 18, 16.) wird per im Composit. perlucidior durch dieselbe
abgetrennt. Die 3 Theile sind durch beständige Cäsur geschieden.

2) Logaödische Tetrapodieen (Glykoneen).

Die Tetrapodie erscheint bei Horaz nur katalektisch, der
Dactylus an 2. oder 3. Stelle. Wir übertragen auch hier die
Bezeichnung Glykoneus, welche bei den Alten nur für die Reihe
mit dem Dactylus an 2. Stelle gilt, auf die mit dem Dacty=
lus an 3. Stelle und nennen erstere 2. Glykoneus, letztere 3.
Glykoneus. Der 2. Glykoneus findet sich bei Horaz selbständig,
der 3. nur mit dem 1. Pherekr. verbunden zum größeren sapphi=
schen Versmaße.

Der 2. Glykon. hat bei Horaz statt des ersten Trochäus stets den
Spondeus. (Die scheinbar widersprechenden Stellen 1, 14, 24. u. 36.
sind durch die Conjecturen Teucer te und Ignis Pergameas oder durch
Bücheler's Auffassung lat. Declin. 8. beseitigt.) Der Dactylus ist, wie
bei allen Logaöden, rein. Unter 246 Versen endigen 137 mit einer
Länge, 109 mit einer Kürze. Der 3 Glykoneus hat an 2. Stelle stets
den Spondeus und lautet nur lang aus.

3) Logaödische Pentapodieen.

Von den mancherhaften möglichen Formen der Pentapodie kommen für Horaz nur 2 in Betracht, welche den Dactylus an 3. Stelle haben und sich nur dadurch unterscheiden, daß die erste mit der Arsis an- und mit der Thesis auslautet, die zweite hingegen mit der Anacrusis beginnt und auf die Arsis ausgeht. Die erste der beiden Reihen heißt elfsilbiger sapphischer Vers, die andere elfsilbiger alcäischer Vers.

$$\overset{\prime\prime}{-}\ \cup\ -\ -\ \overset{\prime}{-}\ \|\ \cup\ \|\ \cup\ \overset{\prime}{-}\ \cup\ -\ \cup\qquad \Sigma\alpha\pi\varphi\iota\kappa\grave{o}\nu\ \dot{\varepsilon}\nu\delta\varepsilon\kappa\alpha\sigma\acute{\upsilon}\lambda\lambda\alpha\beta o\nu.$$

$$(\overset{\smallsmile}{-})\ \overset{\prime\prime}{-}\ \cup\ -\ -\ \overset{\prime}{-}\ \|\ \overset{\prime}{-}\ \cup\ \cup\ \overset{\prime}{-}\ \cup\ \smallsmile\qquad \text{'}\!A\lambda\kappa\alpha\ddot{\imath}\kappa\grave{o}\nu\ \dot{\varepsilon}\nu\delta\varepsilon\kappa\alpha\sigma.$$

Beide Verse, wahrscheinlich von Alcäus erfunden und zu den unten besprochenen Strophen verwandt, tragen von ihrer häufigeren Anwendung bei Sappho und Alcäus ihre Namen.

XVIII. Elfsilbiger sapphischer Vers, dreimal gesetzt und dactylische Dipodie mit spondeischem (trochäischem) Auslaute zu vierzeiligen Strophen verbunden.

(Sapphische Strophe.)

$$\overset{\prime\prime}{-}\ \cup\ -\ -\ \overset{\prime}{-}\ |\ \cup\ |\ \cup\ \|\ \overset{\prime}{-}\ \cup\ -\ \smallsmile$$
$$\overset{\prime\prime}{-}\ \cup\ -\ -\ \overset{\prime}{-}\ \|\ \cup\ \|\ \cup\ \overset{\prime}{-}\ \cup\ -\ \smallsmile$$
$$\overset{\prime\prime}{-}\ \cup\ -\ -\ \overset{\prime}{-}\ |\ \cup\ |\ \cup\ \|\ \cup\ \overset{\prime}{-}\ \cup\ -\ \smallsmile\quad (\overset{\prime\prime}{-}\ \smallsmile\ \overset{\prime}{-}\ \smallsmile)$$
$$\overset{\prime\prime}{-}\ \cup\ \cup\ \overset{\prime}{-}\ \smallsmile$$

Od. 1, 2. 10. 12. 20. 22. 25. 30. 32. 38.   2, 2. 4. 6. 8. 10. 16.   3, 8. 11. 14. 18. 20. 22. 27.   4, 2. 6. 11.   Carmen Seculare.

Der adonische Vers führt seinen Namen von der häufigen Anwendung desselben als Schlußvers in den Liedern auf den Tod des Adonis: ὦ τὸν Ἄδωνιν, Armer Adonis! Horaz hat dieses Versmaß in 26 Gedichten, also nach der alcäischen Strophe am häufigsten angewandt.

Die rhythmische Anlage ist sehr einfach und gleichförmig; drei gleiche Pentapodieen mit nachklingender Dipodie; und in den 3 Pentapodieen läßt der Dactylus umschlossen von 2 trochäischen Dipodieen den Vers schweben „wie die Gondel auf den

Wellen im schönsten Gleichmaß"; nirgends stören aufeinander treffende Arsen den ruhigen Gang. Die katal. dactyl. Dipodie ist mit feinem Gefühle in dem Tacte gehalten, welcher den überwiegend trochäischen Ton des Versmaßes characteristisch unterbricht, denn der rasch einfallende Dactylus tritt als neues belebendes Element in die ruhige Gemessenheit der Trochäen und wiederholt sich nochmals bedeutungsvoll am Schlusse. So ist die sapphische Strophe das eigentliche Metrum für jedes erregte Gefühl, das sich aber doch aus irgend welchen Gründen im richtigen Gleichmaße fern von allem Ueberfluthen hält, so sehr es auch Kampf kosten mag, des Gebetes, das aus Scheu vor der Gottheit sich in den Grenzen der Andacht und frommen Sitte hält, der Liebe, die gegen die mächtige Leidenschaft kämpft, aber doch zu siegen weiß, der Klage, die fern vom Unschönen sich hält, der Freude, die das richtige Maß nicht überschreitet. Im Allgemeinen hat Horaz diesen Character gewahrt, namentlich sind die Mehrzahl der Gebete und Götteranrufungen in diesem Versmaße abgefaßt; in einzelnen Gedichten ist es jedoch nicht möglich, denselben wieder zu erkennen (z. B. 1, 25. 38. 2, 8. 3, 20).

Das Versmaß erhielt bei den Römern, theilweise schon durch Catull, hauptsächlich aber durch Horaz, eine eigenthümliche Entwickelung. Der erste Trochäus der ersten Dipodie erscheint stets rein; dagegen ist der 2. Troch. der 1. Dipodie regelmäßig zum Spond. geworden. Der Auslaut der 2. Dipodie ist in 615 VV. 406mal eine lange, 209mal eine kurze Silbe. Die Cäsur entlehnt Horaz vom Hexameter — die Griechen haben keine feststehende Cäsur für den Vers —; die gewöhnliche ist also die Penthem.: viel seltener ist die κατὰ τρ. τρ. Unter 615 VV. zeigen 567 die Penthem., 48 die κατὰ τρ. τρ., unter letzterer Zahl finden sich 14 Fälle, wo que vor die Cäsur zu stehen kommt, die mithin zweifelhaft sein können. Von diesen 48 gehören nur 7 dem 1. und 2. Buche, gar keine dem 3., dagegen 22 dem 4. Buche und 19 dem Seculargesange. Zugleich mit den Cäsuren wurde auch dem Hexameter das Gesetz über die Stellung einsilbiger Worte vor der Cäsur entlehnt — das übrigens in den Hexametern öfters von Horaz verletzt ist — wonach kein einsilbiges Wort vor die Cäsur zu

stehen kommen soll, ohne daß ihm noch ein einsilbiges vorhergeht.
An 25 Stellen ist das Gesetz genau beobachtet; an andern ist die Aus=
nahme nur scheinbar, z. B. 1, 32, 13 Phoebi et. Elisionen in der
Cäsur finden sich 2, 4, 10. 16, 26. 3, 27, 10. 4, 11, 27. Ueber
die scheinbare Kürze 2, 6, 14 ridet vor der Cäsur s. XIX. Unter 205
adonischen Versen lauten 123 mit der Länge, 82 mit der Kürze aus.
Bei den Griechen bildet der Adonius noch öfters mit der vorausge=
henden Pentapodie einen Vers. Bei Horaz ist dies nur Od. 1, 2, 19.
25, 11. 2, 16, 7 der Fall; andere Stellen dagegen zeigen durch den
Hiatus am Ende des 3. V. die Selbständigkeit der beiden VV. (1, 2,
47. 12, 7. 31. 22, 15), welche im 3. und 4. Buch, sowie im Secu=
largesange regelmäßig behauptet ist. Die enge Verbindung der 4 Verse
untereinander zeigen die Elisionen am Ende derselben vor anlauten=
den Vocal des folgenden Verses (zwischen VV. 2 u. 3: Od. 2, 2, 18.
16, 34. 4, 2, 22. zwischen 3 und 4: 4, 2, 23 C. S. 47, beidemal
veranlaßt durch que) sowie die Conjunctionen und Präpositionen,
welche am Ende des einen Verses von ihren zugehörigen Begriffen
im andern getrennt sind: et Od. 2, 6, 1. 2. 16, 37. 3, 8, 26. 11,
5. 27, 22. 29. 46. in 3, 8, 3. 4, 6, 11. Daß aber trotzdem die
einzelnen Verse als selbständige Reihen gefaßt wurden, zeigt der häu=
fige Hiatus zwischen ihnen: zwischen 1 u. 2: 1, 2, 41. 12, 25. 2,
16, 5. 3, 11, 29. 27, 33. zwischen 2 u. 3: 1, 2, 6. 12, 6. 25, 18.
30, 6. 2, 2, 7. 4, 6. 3, 11, 51. 27, 10.

XIX. Elfsilbiger alcäischer Vers, 2mal gesetzt, jambischer
  hyperkatalektischer Dimeter und logaödische Tetrapodie
  διὰ δυοῖν.

(Alcäische Strophe.)

Od. 1, 9. 16. 17. 26. 27. 29. 31. 34. 35. 37. 2, 1. 3. 5.
7. 9. 11. 13. 14. 15. 17. 19. 20. 3, 1. 2. 3. 4. 5. 6. 17. 21.
23. 26. 29. 4, 4. 9. 14. 15.

Die von Alcäus erfundene und benannte Strophe besteht aus
dem 2mal gesetzten elfsilbigen alcäischen Verse, der, wie oben be=

merkt, nichts anderes ist, als der elfsilbige sapphische Vers, wel=
cher mit der Anakrusis an= und mit der Arsis auslautet, aus
dem jambischen Dimeter mit einer überzähligen Silbe (d. h.
dem trochäischen Dimeter mit Anakrusis), aus dem verdoppelten
Adonius, einem logaödischen Verse mit 2 kyklischen Füßen (daher
διὰ δυοῖν). Kein anderes Metrum findet sich bei Horaz gleich
häufig; 37 Gedichte, also ungefähr ⅓ sämmtlicher Lieder, sind in
demselben abgefaßt.

Die rhythmische Anlage der alcäischen Strophe ist minder
einfach, aber nicht weniger schön, als die der sapphischen. Auf
2 Pentapodieen folgen 2 Tetrapodieen, welche die Elemente der
Pentapodieen näher ausführen. In der ersten Tetrapodie kehrt
das trochäische Motiv, in der zweiten das dactylische wieder. Die
anlautenden Anakrusen verleihen der alcäischen Strophe weit
mehr Schwung, Kraft und Energie, die wechselvollere Construction
in den verschiedenen Versen größere Beweglichkeit und der ab=
schließende kraftvolle verdoppelte Adonius entschiedeneren Nach=
druck. In den meisten horazischen Gedichten prägt sich dieser
Character deutlich aus, und es lebt in denselben ein kräftiger,
männlicher Sinn; in einzelnen Gedichten, wo dies scheinbar nicht
der Fall ist, läßt sich doch noch etwas eindringliches und fesselndes
erkennen, man möchte sagen ein zwingendes Element, das der
Bitte die Erhörung sichert und der Ermahnung das Ohr öffnet,
das dem Spotte mehr Schärfe und dem Lobe wie dem Troste grö=
ßere Kraft und Wirksamkeit verleiht.

Auch der alcäische Vers erhält in Cäsuren und Silbenlängen von
Horaz eine originelle Ausbildung. Während bei den Griechen weder
für die Anakrusis und die zweite Silbe des 2. Trochäus, noch für die
Cäsuren feste Regeln gelten, schafft Horaz feste Normen, welche theil=
weise nie, theilweise nur selten verletzt werden.

Die Anakrusis des alcäischen V. ist in 634 VV. nur 17mal
eine Kürze; davon kommen 8 Fälle auf das 1. Buch, 4 auf das 2.,
5 auf das 3., während das 4. nur die lange Anakrusis zeigt. Der
2. Trochäus desselben V. ist stets ein Spondeus. Die sogenannten

Ausnahmen: 3, 6, 9 erledigt sich durch die Lesart: Iam bis Monaeses. 3, 23, 18 durch die gewöhnliche Erklärug oder durch die ansprechende Conjectur von Tobt in Z. f. GW. 20, 875. 3, 5, 17 si non periret u. die ähnlichen Fälle 2, 13, 16 u. 6, 14. 3, 16, 26 sind erklärt durch das von Ritschl und Fleckeisen belegte Gesetz, daß in allen „auf r und t auslautenden Endsilben, für welche die übrigen zugehörigen Flexionsformen den Beweis liefern, daß der den beiden genannten Auslauten vorhergehende Vocal lang war, auch bei den Dichtern der augusteischen Zeit die ursprüngliche Quantität hie und da festgehalten wird." Die Cäsur fällt regelmäßig vor die 3. Arsis. Eine Ausnahme machen 1, 37, 14, wo ohne die gut beglaubigte Lesart lymphatam a Mar. dieselbe nach der 3. Arsis fiele, 4, 14, 17 wo die Cäsur nach der 2. Arsis steht und 1, 16, 21 wo ex in exercitus auffallender Weise durch die Cäsur in Elision von seinem Compositum getrennt wird. Hinsichtlich der Stellung einsilbiger Worte vor der Cäsur ist das bei XVIII. erwähnte Gesetz häufiger gewahrt als verletzt. Doppelte einsilbige Worte finden sich 1, 9, 2. 18. 26, 6. 27, 14. 21. 35, 34. 2, 1, 33. 17, 18. 20, 18 III., 3, 21. 4, 5. 6, 22. 45. 21, 21. 26, 6. 29, 5. 4, 4, 22. 25. 53. 9, 38. 14, 5. 15, 18. Nicht beobachtet ist das Gesetz: 2, 3, 22. 11, 21. 17, 5. 6. 3, 1, 9. 3, 49. 5, 13. 33. 21, 10. 29, 57. 4, 14, 37. 69. 73. 14, 17. 33. 41. 45. Nur scheinbar verletzt: 1, 17, 14. 27, 2. 31, 6. 35, 17. 2, 13, 3. 17, 2. 3, 2, 5. 6. 13. 4, 1. 5, 10. Elision in der Cäsur findet öfters statt: 1, 16, 6. 31, 6. 34, 10. 13. 35, 10. 25. 33. 2, 3, 13. 5, 21. 9, 18. 11, 21. 13, 6. 17, 10. 3, 1, 5. 2, 5. 30. 3, 33. 41. 4, 6. 41. 49. 6, 1. 6. 18. 21, 13. 29, 17. Der Auslaut ist in 634 VV. 319mal lang, 315mal kurz. Der jambische hyperkatal. Dimeter hat die Hauptcäsur regelmäßig nach der 3. Arsis, selten erscheint auch als solche eine Cäsur nach der 3. Thesis und nach der 2. Arsis. In 317 VV. findet sich die Cäsur nach der 3. Arsis 280mal. Die Cäsur nach der 5. Silbe steht regelmäßig, wenn die 6. ein einsilbiges Wort ist und findet sich dann stets mit der Hauptcäsur nach der 3. Arsis verbunden; sie erscheint in dieser Gestalt 42mal. Abweichend von dieser Form und als Hauptcäsur erscheint sie in dem 1. und 2. Buche 11mal: 1, 16, 3. 26, 7. 29, 11. 35, 11. 2, 1, 11. 3, 3. 13, 27. 14, 11. 19, 7. 11. 19. Die Cäsur nach der 2. Arsis erscheint als Haupt- und Nebencäsur regelmäßig dann, wenn vor ihr ein einsilbiges Wort steht und ist auf diese Weise 47mal angewendet. Als Hauptcäsur erscheint sie 12mal: einmal in den 2 ersten Büchern abnorm 1, 26, 11 Hunc

Lesbio, sonst nur im 3. unb 4. Buch: 3, 1, 31. 4, 27. 59. 67. 29, 27. 31. 4, 4, 71. 9, 19. 39. 14, 43. 15, 19. Ohne diese häufigeren Cäsuren erscheinen eine Anzahl von Versen, welche meist in der Mitte 4silbige Worte enthalten unb die in der Regel eine Cäsur nach der 2. unb 4. Thesis haben müssen: 2, 1, 25 decoloravere (1 Arf. unb 4 Thef.), 13, 19 improvisa, 3, 3, 7 illabatur, 35 debacchentur, 5, 31 extricata, 6, 11 adiecisse, 15 formidatus, 19 derivata, 27 impermissa, 29, 7 contempleris, 35 delabentis, 4, 4, 35 defecere, 63 submisere, 14, 35 Alexandrea (1 Arf. unb 4 Thef.). Was die Nebencäsur nach der 2. Arsis betrifft, so ließe sich dieselbe wohl noch öfter annehmen, wenn man die Trennung componirter Abverbien von ihren Worten burch dieselbe zulässig fände. Es spricht für diese Annahme die sehr häufige Erscheinung derselben Wörtchen als Präpositionen an der gleichen Stelle, dann der nachweisliche Gebrauch des Horaz, Abverbien in der Composition von ihren Compositis zu trennen. Unzweifelhaft findet bies statt: 1, 2, 34 circum|volat, 16, 21 ex|ercitus, 18, 16 per| lucidior, 37, 5 de|promere, 2, 12, 25 de|torquet, 7, 21 in|credibili Epod 1, 19 im|plumibus 11, 15 in|aestuet 16, 8 ab|ominatus. Nach biesem Vorgange ließe sich noch an weiteren 57 Stellen die 2. Arsis als Nebenarsis zwischen Zusammensetzungen mit de in per ex nachweisen. Eben so wie durch die 2. Arsis Abverbien von ihren Compositis bann getrennt würden, wird que nach ber 3. Arsis burch Cäsur 27mal, ein= mal auch ve von dem vorhergehenden Worte getrennt. In 317 jamb. Dim. findet sich der Sponb. an 1. Stelle 207mal, an 3. burchgehenbs; der Auslaut ist 205mal eine Länge, 112mal eine Kürze. Der lo= gaöbische Schlußvers zeigt stets reine Dactylen unb ber 1. Tro= chäus ist ebenfalls stets rein; merkwürdig ist, baß fast in ⅕ sämmt= licher Verse (60mal) que die Kürze bilbet; er lautet 209mal mit einer Länge, 108mal mit einer Kürze aus. Die 4 Reihen wurden alle selb= ständig aufgefaßt unb behanbelt. Dies zeigt der häufige Hiatus: zwi= schen 1. u. 2. Reihe: 1, 17, 13. 25. 31, 5. 35, 9. 2, 5, 9. 13, 21. zwischen 2. u. 3.: 1, 9, 14. 17, 6. 31, 14. 35, 38. 2, 13, 26. 3, 5, 10. 46. zwischen 3. u. 4.: 1, 9, 7. 16, 27. 37, 11. 2, 9, 3. 13, 7. 11. 14, 3. 19, 31. 3, 4. 9. 5, 11. Dagegen verschwinden bie 2 Stellen, welche Elision am Enbe, also Zusammenhang mit dem fol= genben Verse zeigen: 2, 3, 27. 29, 35.

Ueberſicht

der einzelnen Gedichte nach den Versmaßen.

1) Oden.

Buch	Metrum	Buch	Metrum	Buch	Metrum
1, 1	XII	1, 31	XIX	3, 3	XIX
2	XVIII	32	XVIII	4	XIX
3	XIII	33	XIV	5	XIX
4	XI	34	XIX	6	XIX
5	XV	35	XIX	7	XV
6	XIV	36	XIII	8	XVIII
7	II	37	XIX	9	XIII
8	XVI	38	XVIII	10	XIV
9	XIX	2, 1	XIX	11	XVIII
10	XVIII	2	XVIII	12	VI
11	XVII	3	XIX	13	XV
12	XVIII	4	XVIII	14	XVIII
13	XIII	5	XIX	15	XIII
14	XV	6	XVIII	16	XIV
15	XIV	7	XIX	17	XIX
16	XIX	8	XVIII	18	XVIII
17	XIX	9	XIX	19	XIII
18	XVII	10	XVIII	20	XVIII
19	XIII	11	XIX	21	XIX
20	XVIII	12	XIV	22	XVIII
21	XV	13	XIX	23	XIX
22	XVIII	14	XIX	24	XIII
23	XV	15	XIX	25	XIII
24	XIV	16	XVIII	26	XIX
25	XVIII	17	XIX	27	XVIII
26	XIX	18	V	28	XIII
27	XIX	19	XIX	29	XIX
28	II	20	XIX	30	XII
29	XIX	3, 1	XIX	4, 1	XIII
30	XVII	2	XIX	2	XVIII

Buch	Metrum		Buch	Metrum		Buch	Metrum
4, 3	XIII		4, 8	XII		13	XV
4	XIX		9	XIX		14	XIX
5	XIV		10	XVII		15	XIX
6	XVIII		11	XVIII		Carmen Se-	
7	I		12	XIV		culare	XVIII

2) Epoden.

	Metrum			Metrum			Metrum
1	IV		7	IV		13	X
2	IV		8	IV		14	VII
3	IV		9	IV		15	VII
4	IV		10	IV		16	VIII
5	IV		11	IX		17	III
6	IV		12	II